D0908380

Retiré de la collection universelle
Bibliothèque et Archives nationales du Québec

ALFAGUARA
INFANTIL Y JUVENIL

ALFAGUARA

INFANTIL Y JUVENIL

© 2000, **Anamaría Illanes**
© De las ilustraciones, **René Moya**
2000, **Aguilar Chilena de Ediciones, Ltda.**
Dr. Aníbal Ariztía 1444, Providencia,
Santiago de Chile

- **Santillana, S.A.**
  Torrelaguna 60, 28043 Madrid, España
- **Aguilar Mexicana de Ediciones S.A. de C.V.**
  Avda. Universidad 767, Colonia del Valle,
  México D.F. 03100
- **Aguilar, Altea, Taurus, Alfaguara, S.A. de Ediciones**
  Beazley 3860, 1437 Buenos Aires, Argentina
- **Editorial Santillana, S.A.**
  Avda. San Felipe 731, Jesús María, Lima, Perú
- **Editorial Santillana, S.A. (ROU)**
  Constitución 1889, 11800 Montevideo, Uruguay
- **Santillana S.A.**
  C/Río de Janeiro 1218, esquina Frutos Pane,
  Asunción, Paraguay
- **Santillana de Ediciones S.A.**
  Avda. Arce 2333, entre Rosendo Gutiérrez y Belisario
  Salinas, La Paz, Bolivia

ISBN: 956-239-112-4
Inscripción Nº: 115.229
Impreso en Chile/Printed in Chile
Segunda edición en Chile: febrero 2002

Diseño de colección:
JOSÉ CRESPO, ROSA MARÍN, JESÚS SANZ

Editora:
ANDREA VIU

Todos los derechos reservados.
Esta publicación no puede ser reproducida ni en todo ni en
parte, ni registrada en, o transmitida por, un sistema de re-
cuperación de información, en ninguna forma ni por ningún
medio, sea mecánico, fotoquímico, electrónico, magnético,
electroóptico, por fotocopia, o cualquier otro, sin el permiso
previo por escrito de la Editorial.

Anamaría Illanes

Amigos en el bosque

Ilustraciones de **René Moya**

ALFAGUARA
INFANTIL Y JUVENIL

Bibliothèque nationale du Québec

A Belén, Anamaría y Maren...
por enseñarme con su incondicional
amor a ser madre.

Aira, la ratoncita, tenía ganas de ir a caminar.
Tenía tantas cosas en qué pensar;
pensar, por ejemplo, en cómo limpiar la casa,
mantener los vidrios limpios,
que no hubiese polvo en el porche
o cómo ordenar las verduras.
Sin duda, era un montón de trabajo en pensamiento,
por lo que Aira decidió ir a pasear
para pensar mejor en sus tantas obligaciones.

Aira vivía sola.
Siempre lo había hecho
y era muy cómodo para ella así.
Sólo a veces,
cuando las cosas se ponían mal en su estómago
o cuando llovía mucho
y no podía salir a juntar bellotas y raíces dulces,
le daba una rara sensación de... casi soledad.

Para salir a pasear por el sendero cercano,
cerró y aseguró la puerta de su casa.
—Uno nunca sabe —se decía.
Iba caminando y caminando sin preocuparse,
pero pensando, pensando... cuando de pronto:

¡P L A M!

Rodó por el suelo cayendo por una pendiente
hasta quedar sentada, chapoteando en el arroyo
a los pies de la ladera.

12

—¡Ay, ay! –se quejaba– me duele mi piernecita
y estoy toda mojada. ¡Ay, ay!
—¿Qué haces ahí? –preguntó una voz
desde la orilla. Aira buscó sorprendida,
ya que creía estar completamente sola.
—¿Qué haces ahí, sentada en el agua?
–preguntó la voz nuevamente.
Aira miró con curiosidad y entonces vio que era
la de un enorme oso café muy peludo.
Aira estaba dolorida y mojada,
y no podía pensar con claridad.
—Me caí desde arriba
y me duele mucho la pierna. ¡Ay, ay!
—¡Umm! Eso es una pena, porque se han
estropeado las plantas de la pendiente.
Aira no entendía de qué plantas le hablaba
ni por qué eran tan importantes.
Sólo sabía que ella estaba muy dolorida
y eso SÍ que era importante.

—¡Ay, ay! –se seguía quejando– ¡Cómo me duele!
—Bueno –dijo la voz–, tendremos que ayudarte
y arreglar después las plantas,
o el Señor Castor se va a enojar.
No ves que esas ramas
no dejan pasar el agua que él necesita
más abajo en el arroyo.
Entonces, el enorme oso se acercó amigablemente
y paró a la ratoncita de un zuácates.
—¡Ay, ay! –se quejaba Aira–
me duele mi pierna. No seas tan brusco,
me haces doler.
—Vamos a ver esa pierna –dijo el oso–,
pero después me ayudas con las plantas
que se dañaron cuando te caíste, ¿eh?
–y la sentó en la hierba para revisarla.

Aira quiso decir algo
con respecto a la importancia de las plantas
comparadas con su pierna,
pero justo en ese momento,
el oso se presentó a sí mismo
con total alegría y naturalidad:
—Soy Inal. Cuido de las plantas del bosque
y de algunos animales en problemas
como tú ahora.
Aira no se consideraba a sí misma
un animal del bosque, pero no dijo nada,
porque el oso se puso a examinarla
con cara de conocedor de piernas doloridas.

—Bueno, bueno –le dijo Inal–,
ahora le pondremos unos maderos suaves
a tu pierna para que no la muevas,
y luego te llevaré a casa.
—¡Ay, ay! –dijo Aira, y se sentó resignada
para que Inal le ayudara con su pierna.
Luego, el oso la tomó en sus brazos
para llevarla cómodamente.
—Me duele la pierna. ¡Ay, ay!
–se quejaba la ratoncita.
Pero el oso no le decía nada,
sólo resoplaba y resoplaba,
mientras caminaba con ella en brazos.

Aira tampoco decía nada
hasta que, de pronto, se sorprendió
al ver que se divisaba su casa entre la arboleda.
Inal abrió la puerta principal sin ningún problema
y entró agachándose.
—Te pondré en la cama y te daré un té caliente.
También te traeré ropa limpia y seca
para que te cambies –le dijo el oso,
como si fueran viejos amigos o familiares.

Aira estaba tan cansada que no podía pensar.
Como estaba dolorida, le obedeció a Inal,
y cuando estuvo sola, se durmió.
Despertó como de un sueño raro,
pero se sintió tan cómoda
con el olor que había a su alrededor,
que abrió los ojos de golpe.
Un aroma a pan recién horneado
y té caliente la envolvió.
Se movió y –¡ay, ay! –se quejó.
Pero la verdad es que
ya no le dolía tanto como antes.
En ese momento, vio a una mapache que no conocía
dándose vueltas por su cocina con total naturalidad.
—¡Hola! Soy la Mapache Nayyan
y te vengo a cuidar. Quédate acostada.
Te daré pan y té caliente.
Tu pierna pronto estará mejor
y así podrás cuidar de las plantas.

Aira estaba realmente sorprendida
y no pudo decir nada.
Durante el resto del día,
Nayyan la cuidó con esmero contándole de todo:
de los lagartos en el pantano,
de los lobos en las cuevas,
de los osos en el bosque, de las plantas heridas,
y de las aguas cristalinas de los arroyos
con sus canciones nocturnas.
La ratoncita sólo oía y no sabía qué preguntar
ni qué responder. Al final del día,
Nayyan se marchó contenta de,
según dijo, «haber dejado bien a su nueva amiga».
Aira se propuso entonces pensar,
pero estaba muy cansada y confundida
y no se le ocurría nada.
Todo en su casa estaba tan ordenado
que tampoco podía pensar en ello,
así que finalmente se durmió.

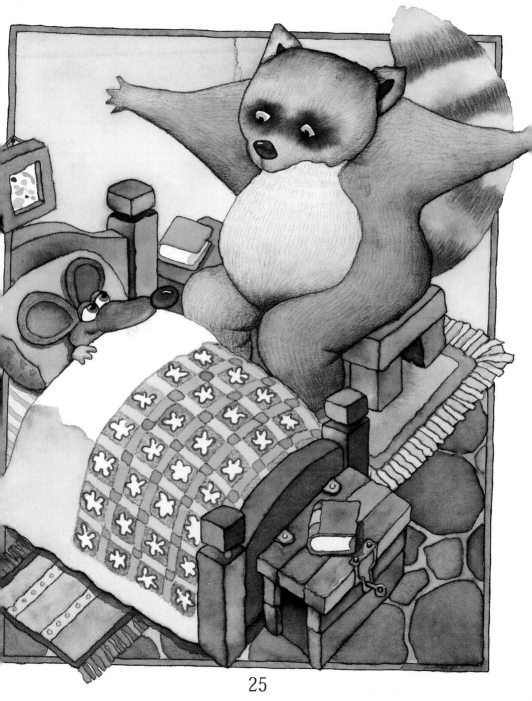

Al día siguiente, Aira volvió a despertar
contenta y bien cuidada.
Esta vez fue la adorable Ardilla Rayén
quien se preocupó de ella.
Rayén siguió contándole las historias del bosque
y de sus habitantes y, al final de la jornada,
se despidió también
«feliz de haber hecho una nueva amiga»,
como comentó contenta al cerrar la puerta.
Nuevamente, Aira se dio cuenta de
que su casa estaba increíblemente limpia
y que no tenía en qué pensar.

Al tercer día, Aira se pudo levantar
con la ayuda de la Sra. Shamin,
quien era la encantadora madre
de tres castores preciosos.
Los pequeñuelos se dispusieron alegremente
a limpiar el jardín y, entre risas y usando sus dientes,
dejaron las plantas y árboles
bien cuidados y ordenados.
La Sra. Shamin se sintió contenta llegada la noche
al despedirse de quien llamó su «nueva amiga»,
mientras los castorcitos le cantaban
una dulce canción de murmullo de arroyo
para un buen dormir.

Otra vez todo estaba súper limpio
y no había nada en qué pensar.

Al cuarto día, regresó el oso Inal
para que la paciente
pudiera caminar al sol y ejercitar.
Aira estaba muy feliz,
porque podía moverse sin problemas
y no le dolía más su pierna.
Además, nunca en su vida
había estado tan acompañada y tan cuidada.
El oso, al ver lo recuperada
que se encontraba la ratoncita en esos momentos,
le pidió oficialmente que se encargara
de las plantas dañadas en la pendiente
por la que había rodado unos días antes.
Aira no pudo más que acceder
y quedó de ocuparse de ello de inmediato.

Al otro día, Aira se levantó contenta
y se dispuso a ir a la pendiente.
Caminó hasta el lugar y se puso de rodillas
para enderezar y cuidar de las plantas dañadas.
Al caer la tarde, se sintió cansada,
pero no era cansancio en su cuerpo lo que sentía.
Esto era diferente,
era un cansancio en el corazón, un vacío...
Se sentía extrañamente... sola.

33

Entonces, por primera vez en muchos años,
Aira se puso a pensar,
pero no en las cosas que tenía que hacer
o en lo que había que limpiar,
sino en los amigos con quienes quería estar.
Al llegar a su casa y encontrarla vacía y sola,
se miró al espejo.
Tenía unos lindos ojos negros
con brillo de luna,
sin duda alguna tenía buen porte
y era bastante delicada.
—En realidad –se dijo–,
soy una ratona bastante bonita.
Entonces, ¿por qué no puedo
tener más amigos y conversar con ellos
y con los otros animales del bosque?

De pronto, le vino una pena muy grande
que no había sentido desde hacía mucho,
mucho tiempo.
—¡Ay, ay! –se quejaba–
qué sola he estado todos estos años.
¡Ay, ay!, qué tonta he sido,
qué solitaria estoy.
Y sintiendo esa nueva soledad,
se durmió triste, tuvo sueños tristes
y un despertar triste.
Sin embargo, al otro día volvió a cuidar
de las plantas de la pendiente.
Esta vez bajó al arroyo a buscar agua fresca
y se la vertió con mucho cariño.

Cuando al final del día
iba de regreso a su casa,
detrás de un árbol
apareció de pronto el oso Inal,
quien con mucho júbilo le dijo:
—¡Ven, Aira! Tienes que acompañarme.
La ratoncita lo miró sin saber qué decir,
pero estaba tan contenta
de ver al oso de nuevo,
que lo siguió con alegría,
escuchando sólo a su corazón.

Sin darse cuenta, llegaron hasta su propia casa
que se veía preciosa.
Aira se sorprendió al ver que estaba adornada
con guirnaldas de colores
y con destellos de luces de hojas brillantes.
Todos sus nuevos amigos estaban allí.
Habían preparado una rica comida
y mostraban una alegría desbordante.
¡Todos se veían muy felices!
—Esta es tu fiesta de bienvenida al bosque, Aira.
Ahora eres uno más de nosotros –le dijo Inal,
mientras todos la abrazaban con felicidad y cariño.

—¡Ay, ay! –se quejaba la ratoncita.
—¿De qué te quejas ahora?, querida Aira
–le preguntó su amigo el oso Inal,
con cara preocupada.
—Es que me duele el corazón de tanta felicidad
–respondió Aira sonriendo y sin tener en qué pensar.

INFANTIL

SERIE AMARILLA
Desde 6 años

El gorila Razán
María Luisa Silva

La polilla del baúl
Mario Carvajal/Carlos Saraniti

Una luna
Susana Olaondo

Era que se era
María de la Luz Uribe

Un paseo al campo
Fernando Krahn

Tranquila Tragaleguas
Michael Ende

Osito
Else Holmelund Minarik

Vamos a buscar un tesoro
Janosh

Sapo y sepo, Inseparables
Arnold Lobel

ALFAGUARA
INFANTIL Y JUVENIL

■ ESTE LIBRO SE TERMINÓ DE IMPRIMIR
■ EN EL MES DE FEBRERO DE 2002, EN LOS
TALLERES DE QUEBECOR WORLD CHILE S.A.,
UBICADOS EN PAJARITOS 6920, SANTIAGO DE
CHILE.